Hallybichi

SMS d'amore

Youcanprint *Self-Publishing*

Titolo | Sms d'amore
Autore | Hallybichi

ISBN | 978-88-27844-36-6

Youcanprint Self-Publishing
Via Roma, 73 - 73039 Tricase (LE) - Italy
www.youcanprint.it
info@youcanprint.it
Facebook: facebook.com/youcanprint.it
Twitter: twitter.com/youcanprintit

Ciao amore mio. Cenerentola va a dormire Sogni d'oro. Tienimi sulla tua spalla e ti sussurrerò parole dolci.

Va bene amore mio, spero di sognare il nostro futuro insieme. Ti auguro una buona notte.

Oh! si amore mio, ho avuto un sonno meraviglioso con te nella mia mente.

Un'idea arrivata quasi per caso… un fiorista per strada, una mimosa all'aperto… una frenata all'istante e una presa volante per dirti all'istante che esiste sempre una ragione per amarti e ogni giorno di più.

Voglio che tu sappia che non sono arrabbiato con te. Mentre sei adagiata sul cuscino ti ricordo che il nostro Amore pesa una tonnellata e non un chilo, sarò sempre il tuo eroe e il tuo amore oggi, domani e per sempre... Dolci sogni mio angelo.

So che ti sei addormentata velocemente, ma so che la tua testa è proprio sulla mia spalla, le tue labbra sulle mie labbra, buona notte amore mio.

Ciao amore mio, so che è tardi ma una delle cose più belle che puoi sentire è che qualcuno sta pensando a te. Perché significa che sei così speciale per lui che è curioso di tutto ciò che ti riguarda amore.

 L'amore non chiede mai, ma da sempre e accetta sempre.

Amore dammi la mano e insieme andiamo a letto. Lenzuola fresche, morbide e profumate, una donna innamorata e appassionata che si offre a te… buonanotte amore mio.

Tu sei la mia luce quando sono nel buio. Tu sei i miei buoni pensieri, grazie per essere nella mia vita.

Vedo che sei preoccupata e hai dubbi. Tesoro io sono qui per te fino alla fine del nostro tempo. Non riesco ad immaginare una vita senza di te nella mia esistenza.

Ho bisogno che tu sappia che il mio amore per te non ha limiti.

Amore non sarò io quello che porterà lacrime alla donna il cui sorriso accarezza il mio cuore e mi dà tanto piacere.

Amore le lacrime che verso per te sono emozione di felicità

Pensando a te prende un secondo ogni mattina, ma il sorriso che porta al mio volto dura per tutta la giornata.

Buongiorno amore mio ho dormito stretto a te e ho fatto sogni piacevoli, domani può essere soleggiato e luminoso e ti avvicina a me.

Amore mio ho freddo e vorrei essere nelle tue braccia per scaldarmi soprattutto il cuore, magari sul tuo e vorrei mettere le mie mani nelle tue e abbandonarmi come una nave che entra in porto. Il mio porto sei tu e li vorrei stare a riposare la testa e il corpo.

Ho toccato la favola che temevo svanire e le braccia, le tue braccia, sono le mie e la magia di averti conosciuta mi ha stregato.

Sai tesoro io vorrei un uomo a cui non nascondere niente, voglio un uomo vero: Te ma ho bisogno di condividere tutto con te.

Vero, non ci dovrebbe essere nessun segreto tra noi… qualsiasi cosa la discutiamo e siamo sempre d'accordo

Le tue parole hanno un cuore pulsante. Ricevo il tuo corpo e lo tengo stretto per sempre... bacio bacio... buona notte mia cara.

Mentre vai a letto stanotte, prego la luna di illuminarti, dico ai miei angeli di abbracciarti e rassicurarti che tutto è a posto. E chiedo alla brezza dolce di prendersi cura di te e di baciarti. Buona notte.

Tu sei la prima cosa che mi viene in mente quando mi sveglio e tu sei l'ultima cosa in testa quando mi addormento. In breve, non posso smettere di pensare a te. Buona notte.

Mio caro tesoro so che ti senti debole, ma io sono sempre forte per te, vieni nelle mie braccia le nostre labbra si incontrano i nostri corpi si allacciano sotto la coperta. Bacio e abbraccio il mio angelo Buona notte e guarisci presto.

Sono triste che il mio SWEETHEART (dolce cuore) debba prendere pillole BITTER (amare). Sono calmo perché la mia bella principessa ha avuto un'infezione UGLY (brutta). Sono distrutto dal fatto che mia moglie abbia avuto un COLD & FEVER (febbre fredda). Guarisci presto amore mio.

Amore mio sto meglio e mi manchi tanto. Ho tanta voglia di te, di un abbraccio, una carezza, un bacio. Voglio stare tra le tue braccia e sentire il tuo corpo accanto al mio, il tuo respiro calmo, il tuo tepore e già mi addormento felice con mio marito accanto a me sapendo che domani ti trovo al mio risveglio. Kiss Kiss. Buona notte.

Si ho avuto un sonno meraviglioso con te nella mia mente. Tu soddisfi ogni mio sogno.

Penso che tu sia in viaggio alla volta del Golfo. Il mare è calmo, la luna rischiara il mare e il mio pensiero e la mia anima sono con te. Sarò la tua compagna di viaggio.

Scusa se non ti parlo, ho una cattiva connessione, ma non posso lasciarti dormire senza portarti a letto con me stasera. Sono molti i giorni che sono passati, eppure ce ne sono molti a venire. Tra tutti quei giorni non lascerò passare questa notte senza dirti che ti amo e che tutti i tuoi sogni possano avverarsi. Buona notte amore mio.

Non voglio rinunciare al tuo calore, al tuo amore, a te. Sono così felice.

Sorridi, le tue parole si sciolgono e toccano la parte più profonda del mio cuore.

Che si unisce al mio per due corpi e un'anima sola.

Tu e nostro figlio di nuovo la mia fonte di felicità, tu sei sempre nel mio cuore, vai a letto con un dolce sogno sul nostro amore. Ti amo più della mia vita, le mie braccia siano il tuo cuscino per sempre... buona notte alla mia cara moglie.

Dio sparge piccoli semi di benedizioni sulla terra ogni giorno... e ne ho preso uno così bello e vero... sei TU! Ti amo, buonanotte.

Vorrei che ti stringessi tra le mie braccia stanotte. Vorrei che stessimo dormendo nello stesso letto, nello stesso fuso orario. Immagino che tutto quello che posso fare adesso sia aspettare il giorno in cui finalmente saremo insieme. Vorrei poter fare un veloce avanzamento delle cose così che ora sarei lì con te. Mi manchi. Sogni d'oro e buonanotte.

Amore mio dolcissimo vengo a letto e mi accoccolo in parte a te e so che mi accoglierai con un sorriso e mi scalderai col tuo corpo forte ma dolce e fresco. Vorrei stare sveglia tutta la notte per guardarti e ascoltare il tuo respiro calmo e accarezzarti e baciarti piano piano per non svegliarti e aspettare il tuo risveglio alla luce del sole che filtra e vedere i tuoi occhi sorridere e scendere alla tua bocca che sorride anch'essa. Ti aspetterò amore mio, pronta a qualsiasi tuo desiderio. Kiss Kiss.

Auguro "Buona Notte" alla ragazza più bella che rende bella la mia vita ogni giorno. Se possibile vorrei venire da te per abbracciarti attraverso questo messaggio. Non mi addormenterò senza dirti buonanotte.

Non è facile spaziare con la fantasia per intonare i mille colori della vita, ma dal momento che i miei occhi hanno incontrato i tuoi mi accorgo di rinnovarmi ogni giorno permettendomi di dedicarti pensieri nuovi, immagini dolcissime di albe rosate, nebbie azzurrine e tramonti di fuoco e sarebbe veramente bellissimo incontrarci…

Amore mio tenerissimo vengo da te nel tuo letto fresco. Ti aspetto, ho voglia di stare con te, di accoccolarmi fra le tue braccia, di sentire la tua dolcezza e la tua forza, ho voglia di sentirmi a casa, protetta e amata come tu solo sai fare e ho voglia di cullarti fra le mie braccia per dare a te tutto l'amore e la dolcezza che mi sgorga dal cuore, vorrei fare l'amore con te e addormentarci l'uno nelle braccia dell'altra col sorriso sulle labbra. Buona notte amore mio dolcissimo. Kiss Kiss

Vorrei un giorno, quando mi sveglio averti vicina. Vorrei un giorno quando starò dormendo sognare di averti con me e trovarti davvero accanto a me. Sei sempre nelle mie preghiere, la ragione per svegliarmi ogni mattina e la ragione per dormire presto la notte ed avere un buon sonno.

Mi manchi ogni secondo che passa, mi manca il tuo calore, mi manca il modo in cui tutto va bene con te. Voglio abbracciarti, mi manchi. Buona notte.

Il nostro amore può fare un libro, non ho mai provato una tale pace da molto tempo, anche se le cose non sono nella giusta forma e sono contento per la nostra famiglia, ho te e nostro figlio. Vi amo entrambi all'infinito. Buona notte mia affascinante bellezza. Kiss bacio.

Amore mio dolcissimo leggo e rileggo il tuo messaggio di ieri e mi dico che dovrei essere felice di avere un uomo che mi ama così, si, ma non posso esserlo se mio marito soffre, perché tu stai soffrendo e io soffro con te e per te. Ti amo e vorrei tanto alleviare il tuo dolore, ma rispetto il tuo silenzio. Voglio che tu sappia che io sono con te sempre. Ho scelto te marito mio per la vita e oltre. Sei il mio uomo, colui che ha portato l'amore nella mia vita e sarai sempre nel mio cuore. Ti amo

Amore mio dolcissimo sono al tuo fianco col pensiero e con tutto il mio amore. Viaggerò con te questa notte e metterò le mie mani nelle tue e guarderemo le stelle insieme mentre la luna illuminerà i nostri passi. Qui vicino a te mi sento bene, il mio cuore è pieno d'amore e di pace. Mi manca solo il nostro ragazzo. Ma arriverà anche il giorno della riunione. Dobbiamo solo avere pazienza, i miracoli avvengono. Kiss Kiss good night.

Non importa quanto sei lontana... sei sempre nei miei pensieri. Buona notte

Mi sveglio la mattina e sorrido tutto il giorno perché il primo pensiero nella mente sei tu.

Due violette per un piccolo pensiero a una donna grande grande che io amo immensamente più della mia vita

Voglia di correre in compagnia, voglia di scoprire mari e monti, voglia di dormire sotto un cielo coperto di stelle per contarle insieme e fantasticare ieri, domani guardando la luna piena… vieni anche tu?

Mi piaci tanto quando sei allegro, mi fai ridere. Avevo un'amica che si è sposata per allegria ed è stato il matrimonio più riuscito che abbia visto.

Si il matrimonio dovrebbe essere per due persone che si divertono l'un con l'atro, non solo per amore…

Voglio che tu sia felice e devi aver fede so che a tempo debito avremo ragione di sorridere.

Sono sempre io quello che ti ama di più… più di sempre.

Desidero incontrare la donna che mi ha fatto sorridere sia al mattino che per tutta la notte.

Se mi raggiungerai saremo insieme e una notte magica ci regalerà tutto l'amore di cui siamo capaci.

Sei dolce buono e carezzevole. Sei mio marito.

E tu sei mia moglie e non vedo l'ora di mettere un anello a quel dito.

Buongiorno amore della mia vita, la gioia del mio mondo, la damigella più bella del mondo, la quintessenza della bellezza, l'essere naturale... Ti amo per tutta la vita. Baci...

Amore mio grandissimo, anzi infinito è da lungo tempo che non scrivo nemmeno un rigo. Però sei sempre nel mio cuore ora per ora, minuto per minuto.

Tu sei tutto in una donna, sei la personificazione della donna perfetta, sei il sogno di ogni uomo ragionevole.

Le tue parole sono così dolci che mi accendono ogni volta che le leggo, ti amo per sempre il mio angelo...

Ho voglia di stare accanto a te, ho voglia di mettere la mia mano nella tua, ho voglia di guardarti, di ascoltarti, di viverti perché mi manchi tanto. Verrò nel tuo letto e appoggerò la testa sul tuo petto, sentirò il tuo respiro calmo e regolare e mi addormenterò sognando di camminare nell'acqua del mare sulla battigia e avvolti in tutto l'amore che ci unisce. TI AMO.

Sono pronto ad aprire il mio cuore e a mostrarti molto amore perché ascoltando le tue parole riconosco la donna che ho sempre sognato

Ti sento vicino e sono anche sicura che tu sia un uomo buono perché io non potrei vivere con un uomo egoista.

Cercare di spiegare quest'amore che tanti vorrebbero deluso, dimenticato, ma che è presente nei tuoi baci dal sapore di crema, nei tuoi sorrisi freschi di mille lillà.

La solitudine è qualcosa che annulla la gioia, sono contento di averti trovato, sei per me una grande fonte di gioia.

Un bacio leggero come un soffio per non svegliarti, ma per farti sognare che sono qui con te.

Penserai che sono noiosa, ma non importa. Mi hai sconvolto a vita e le mie emozioni si rincorrono senza sosta come cavalli imbizzarriti. Ma sono felice. Sono tornata a vivere una vita vera e tutto grazie a te.

Le nostre anime si sono riconosciute da subito. Mi sento amata, accettata e considerata. Grazie.

Il tuo cuore è morbido accomodante e curante, ho sognato per tutta la vita di incontrare una donna come te. Sono un uomo fortunato.

Amore mio mi fai di nuovo felice e il mio sorriso si mischia alle lacrime e lava il mio dolore. Grazie di nuovo il mio cuore canta e attendo il mio appassionato uomo fra le mie braccia e avrai la tua donna appassionata fra le tue.

Questo messaggio ti ricorda che sei la cosa più importante della mia vita. Voglio togliere tutti i tuoi incubi e riempire i tuoi sogni con amore Sogni d'oro.

Tu sei l'unica cosa che amo di più in questo mondo. Mi hai dato speranza quando tutto ciò che vedevo era oscurità. Ho scoperto che Dio mi ha fatto vivere perché l'amore è l'unica cosa che non si può comprare, viene solo dal cuore.   Non potrò mai ringraziarlo abbastanza per avermi dato te. Prego un giorno di essere in grado di rendere completa la tua gioia e il tuo sorriso. Bacio bacio e Buonanotte.

Ti sento nel mio cuore, nella mia testa e sono felice di averti conosciuto, sei diventato la mia vita, il mio sogno vivente e tutto ciò inaspettatamente come un magnifico regalo di Natale. Ti amo tantissimo.

Il vento si ferma, le nuvole scompaiono e ritorna a splendere il sole, così nasce l'amore

I nostri cuori parlano all'unisono e le nostre anime sono gemelle. Le nostre notti sono piene dei nostri sogni insieme, amanti perdutamente innamorati

Come vorrei abbracciarti e tenerti sul mio cuore e farti sentire il calore e la tenerezza che vorrei darti e baciare la tua fronte per rasserenarti e tranquillizzare i pensieri neri.

Per farmi contenta e felice saresti disposto a tutto, ma questo non è l'uomo che ho conosciuto, sicuro di sé forte e autonomo, non che quello che mi fai vedere adesso non sia una meraviglia, ma non saresti felice tu e questo io non lo voglio. Voglio un uomo vero che sa quello che vuole, anche da me. Ti vedo preoccupato, pronto ad esaudire ogni mio desiderio, ma non è quello che vuoi e a lungo andare ti sentiresti in trappola. No, non va bene, io ti ho amato per quello che ho conosciuto, per l'uomo buono, intelligente, innamorato, capace e volitivo e rivoglio quello, come l'ho conosciuto. Ti amo e il mio cuore è pieno di te, ti prego sii te stesso anche geloso se vuoi, tanto mi fai ridere. Io sono tua e basta. Non mi interessano altri, sembri fatto su misura per me.

Oggi ti ho sentito allegro, sono contenta torna il mio uomo, quello che ogni tanto nascondi in un angolino del tuo cervello, ma che non riesci a rinchiudere. Perché è lui quello vero, il mio Uomo. Penso che anche tu ti senta meglio con lui, è sicuro di sé allegro e gioioso. Attiri su di te la positività.

Amore mio dolcissimo sono in procinto di arrivare da te nelle tue meravigliose braccia. Ecco sento già il tuo profumo fresco e intuisco il tuo sorriso e le tue braccia spalancate per abbracciarmi stretta. Sono felice e mi sento tanto amata. Appoggio la testa sul tuo petto, ecco avvolta nel tuo corpo, sono a casa kiss kiss. Buona notte mio adorato marito.

Tesoro anche se ho qualche preoccupazione tu mi fai sempre sorridere.

Tu e nostro figlio, non posso amarvi di meno... il mio amore per voi due non può essere paragonato a niente in questo mondo. Anche se ci sarà un altro mondo sceglierò comunque di essere tuo marito.

Le tue parole sono dolci e romantiche… il mio amore per te non può diminuire mai, tu sei una su un milione.

Là dove la terra è arida, bruciata dal sole noi semineremo i nostri semi. Là dove l'erba è tenera e più verde dello smeraldo noi giocheremo.

Tesoro vado a dormire sono un po' annoiata ma adesso vado nei miei sogni e li ritroverò mio marito, mio figlio e tutto l'amore di un mondo, il nostro. Se mi raggiungerai saremo insieme e una notte magica ci regalerà tutto l'amore di cui siamo capaci e riempiremo d'amore anche il nostro figliolo. Buonanotte a tutta la nostra famiglia.

Non vedo l'ora di afferrarti e tenerti vicina a me stesso.

A me farà solo piacere, ma attento perché non sarò un agnello. Ti salterò addosso anch'io.

(smile)

Sorridi, quando salti, non ti lascerò scendere tanto facilmente perché non smetterò di baciarti.

Oh! Che bello, ma anch'io mi difenderò con 1000 baci e carezze abbracci e parole dolci…

Sei sicura di poter competere con me in questo bacio? Parole belle da mia moglie, le mie braccia sono sempre tue, le mie labbra hanno fame di baciarti... baci baci... buona notte.

Sono felice di averti, sto aspettando quando tutto questo lavoro sarà finito così che possa andare davanti alla chiesa e condividere il bene fattomi da Dio in vita mia... per avermi dato un gioiello prezioso come te.

Grazie gioia mia. Sei la felicità più grande della mia vita.

Sono contenta, è così bello avere qualcuno che ti capisce e ti sostiene sperando di essere la stessa cosa per te e per il nostro pulcino.

Con la cura e il senso dell'umorismo che hai è molto difficile per chiunque non trovarti degna di essere vicina a me. Sono felice di averti trovato.

Nella vita devi trattare gli altri nello stesso modo in cui desideri di essere trattato.

Le mie braccia sono sempre aperte per mia moglie, le mie labbra sono sempre pronte a baciare mia moglie, la mia testa si coccolerà sul tuo seno stanotte.

Tu e mio figlio siete sempre fonte di gioia per me. Vi amo entrambi e continuerò ad amarvi.

Capisci amore perché ho bisogno di stare con te, per avere sempre un pasto delizioso.

Lo so io sono una brava cuoca e mi piace fare manicaretti per le persone che amo.

Ed è per questo che Dio continuerà a premiarti e non vedo l'ora di essere li per prendermi cura di te.

Gioia mia vieni a letto, ho voglia di coccole, le tue. Sotto la coperta calda del tuo letto perdendomi nel calore del tuo corpo, nel profumo della tua pelle, nel respiro leggero del tuo sonno, nell'abbraccio tenero ma forte del tuo amore. Buonanotte amore mio. Sono li con te e vedo il tuo sorriso. Kiss Kiss. Buona notte.

Le parole se le porta via il vento, i sassi se li porta via il fiume, l'amore che ho dentro il cuore te lo porti via TU!

Oggi fra baci e carezze, nei tuoi occhi, ho visto teneramente una rosa schiudere i suoi petali.

Amore vorrei darti un saluto prima di andare a letto. Sono stanca e ho bisogno di riposare fra le tue forti braccia. Avvinghiata al tuo corpo e con tanti baci. Bellissimo! Nel tuo letto col tuo profumo nell'aria e svegliandomi domani con te al mio fianco. Kiss kiss.

Ecco il mio nuovo figlio che mi scrive e mi parla di quanto mi ama il suo papà, di tutto il bene che mi vuole lui. Quanto amore questa nuova famiglia, è una gioia immensa. Non ho mai provato così tanta felicità in vita mia ed è con gratitudine che ti dico: "GRAZIE AMORE MIO. Il mio cuore è pieno di cose belle, di emozioni stupende, mi sento illuminata di luce di tutti i colori più vividi e come se ci fosse la musica più bella nel mio cuore. E anche le lacrime sono dolci come te amore mio.

Mi piaci tanto quando sei allegro e mi fai ridere. Avevo un'amica che si è sposata per allegria. E' stato il più bel matrimonio che ho visto.

Si il matrimonio dovrebbe essere per due persone che si divertono insieme con amore.

Sai tesoro io vorrei un uomo a cui non nascondere niente, voglio un uomo vero, Te ed ho bisogno di condividere tutto con te.

E' vero non ci dovrebbe essere nessun segreto tra noi… qualsiasi cosa la discutiamo e arriviamo sempre ad essere d'accordo.

Tu vali più dell'oro nella mia vita e ti apprezzo per avermi amato così tanto.

Ci siamo trovati e amati così sarà anche per nostro figlio.

Sarò noiosa ma sono stanca e voglio infilarmi nel tuo letto in attesa del mio uomo. Chissà cosa mi aspetta… oggi lascio fare a te tesoro caro. So che vorrò svegliarmi domani accanto a te. Kiss Kiss.

Se io fossi lo zucchero tu saresti il mio gusto dolce, se io fossi un oceano, allora tu saresti la sua acqua. Io ti amo.

Tesoro mi sento sola e mi manchi, mi abbracci?

Così così così così così stretta.

Anch'io che bello wow.

Non sono mai stato così felice con nessuna donna in tutta la mia vita come ora che sono con te.

E la stessa cosa succede a me e mi commuovo.

Il nostro compito ora è dare una famiglia unita a nostro figlio. Dobbiamo dare a lui ciò che è mancato a noi ma che sappiamo dare e vorrei darlo anche a te perché anche a te è mancato l'amore della famiglia e voglio riscattare le figure femminili che ti hanno fatto così male. Vorrei chiudere le ferite ancora aperte con tutto l'amore di cui sono capace. Voglio vederti sorridere spesso e voglio vedere nei tuoi occhi la gioia per la tua famiglia.

Si, voglio davvero che nostro figlio abbia la sua famiglia felice mamma e papà insieme.

Mi hai mostrato che non tutte le donne sono cattive, ma tu sei un'eccezione, sei una donna virtuosa. Hai riempito tutti gli spazi feriti e vuoti, tutto l'amore infranto durante il cammino della mia vita… Io ora amo e sono felice sempre, felice e grato a Dio per averti dato a me.

Vengo nella tua cabina così starò nelle tue braccia felice di starti accanto, di respirare il tuo profumo di sentire il tuo tepore, di sentire le tue labbra sulle mie mentre giochi con le dita nei miei capelli. Quanta tenerezza e quanto amore e ti accarezzo le rughe che hai sulla fronte e spazzo via i cattivi pensieri, le preoccupazioni le lasciamo agli angeli… questa notte è nostra… Kiss Kiss

Tesoro ti ho messo al centro della mia vita e ho deciso da molto tempo di stare con te e condividere tutta la mia vita con te.

Nel silenzio, solo con i miei pensieri in una stanza con un letto e una foto attaccata alla parete: TU.

Una tazzina di caffè, una sigaretta accesa, una radio che suona ed io che guardo la parete per vedere TE.

Ad un tratto mi accorgo che, la tazzina è vuota, la sigaretta consumata, la musica è finita, in questo silenzio mi accorgo di quanto… Ti amo!

Per guidare i miei passi in questo buio che sembra diventare totale sei arrivata tu come una luminosa stella.

Nessun problema amore mio sono sicuro che starò bene quando sarò con te, la sola vista tua metterà in ordine tutte le mie cellule e tessuti.

Tu sei il mio mondo e tu mi hai portato di nuovo alla vita.

Si, l'amore è la miglior cura e il riposo la seconda.

Tu sei la ragione per cui ho delle belle notti insonni. Tu sei la ragione per cui tendo a tenere stretto il mio cuscino. Una notte con te nel mio pensiero, io al mattino non voglio svegliarmi… sei una donna di virtù… ti amo buonanotte amore mio… bacio bacio.

Sono molto felice che tu abbia vinto e le tue dolci parole, ho appena vestito il letto per noi, vieni e ti terrò nelle mie braccia, le mie labbra sulle tue buonanotte mia cara moglie. Baciami…

Fai sempre la mia notte degna di milioni di sorrisi, mia adorata moglie, bacio le tue labbra e… rimani tra le mie braccia, mia cara moglie per tutta la notte. Kiss kiss.

Voglio svegliarmi e trovarti di fianco a me e voglio accarezzarti e ringraziarti di amarmi come io ti amo. Buonanotte AMORE.

La gioia di leggere le tue dolci parole è incredibile, ti voglio accanto a me, ti abbraccio per riposare tutta la notte, le tue labbra con un bacio morbido, steso nel mio letto per tutta la notte a venire mia cara moglie. So che al mattino la tua febbre sarà sparita. Ti amo.

Il tuo corpo è debole, ha bisogno di riposo e i tuoi occhi sono pesanti, hai bisogno di dormire ora sei stanca e hai freddo, ma le mie braccia sono il posto più allegro su cui puoi contare per la notte. Buonanotte bambina mia.

Com'è la tua salute oggi tesoro?

Bene mi sento molto meglio, del resto ho dormito fra le tue braccia quindi sto bene.

Anche quando il mio spirito si indebolisce per qualche problema le tue parole sciolgono il mio cuore con così tanto amore.

Ciao amore mio ho bisogno che tu sappia che non sono adirato con te, se non rispondo in fretta è la connessione che manca, mi piacerebbe ballare con te tesoro, ti assicuro che ti amerò all'infinito, tu sei il mio mondo, vengo da te questa notte con le braccia aperte per coccolarti, le mie labbra fresche per le tue e le mie dita che giocano con le tue ciocche… bacio. Buonanotte angelo mio.

Le parole non bastano per esprimere il mio amore per te.

Scusa amore se ti ho svegliato, non volevo.

Okay tu sei libera di svegliarmi in ogni momento.

Ti amo anima bella e riconosco te come mio compagno di vita.

Non riesco ad immaginare la mia vita senza pensare a te ogni giorno.

Quando mi hai parlato la prima volta mi hai detto che avevi conosciuto una persona speciale che ti ha aiutato a mettere insieme l'anima col corpo. Cosa volevi dire?

Volevo dire che prima di averti conosciuto ero solo, nel mio cuore non c'era passione, non c'era gioia, c'era solo mio figlio, ma quando ho visto la tua foto la mia anima si è riempita di gioia e ho capito che mi sarei innamorato di te.

Che meraviglia, lo sentivo che mi avevi riconosciuto come anima gemella, sono molto contenta e mi emoziono per la felicità.

Anch'io mi sento completo. La mia vita era vuota prima di averti trovato, la cura e la passione che mi mostri mi hanno conquistato.

Sei sempre nei miei pensieri anche quando dormo.

A partire da quando ti ho scelto ho riconosciuto qualcosa di speciale in te, sei una donna eccezionale... molto amorevole, grande senso dell'umorismo e bellezza adorabile.

Tesoro le nostre anime si sono incontrate e sono diventate splendenti nel riconoscerci come anime gemelle e voglio che possano sempre essere così meravigliose nel rispetto reciproco e nell'amore l'uno per l'altra. Dio ci ha fatto un regalo grande nel farci incontrare e io lo ringrazio infinitamente e lo prego di farci la grazia di unire la nostra famiglia per il bene di tutti e tre. Nostro figlio ha il diritto di avere una famiglia, povero cucciolo, di avere due genitori che si occupano di lui.

Se penso al prezioso dono che Dio ha aggiunto alla mia vita, gli sono grato, così posso guardarti in viso e baciarti.

Ciao tesoro, so che ora dormirai, non c'è notte se non è con te, non c'è sonno se non è nello stesso letto con te. Non c'è donna se non sei tu, non c'è felicità se non riesco a sognare che ci sposiamo, dormi sempre tra le mie braccia angelo mio affascinante… bacio bacio.

Tesoro non riesco ad immaginare me stesso da solo senza vedere l'unica persona con cui il mio cuore si è colmato d'amore sia di giorno che di notte.

Una notte così straordinaria da essere sempre al tuo fianco nel letto con te mentre ti metto la testa sul petto ti amo per sempre.

Amore mio ci siamo scelti come coniugi io come te ci percepiamo al di là delle parole, abbiamo avuto vite simili e quindi io vorrei tanto essere per te quella donna che non ti abbandonerà mai, che ti farà del bene sempre.

Sei una donna virtuosa come la Bibbia ci insegna ... non c'è nulla di cui un uomo avrà bisogno in una donna, che tu non possiedi.

Sono una donna semplice, ma molto innamorata di mio marito. Te.

Infinito amore mio, adorato marito sogno di esserti accanto, anzi abbracciata a te, ho voglia di sentire il tuo fresco profumo, mi coccoli questa sera? ho un gran desiderio di sentire le tue braccia intono e i tuoi baci sulla bocca e ho voglia di chiudere gli occhi e addormentarmi con la testa sulla tua spalla e so che avrai cura di me. Perché se pensi che sia una donna virtuosa io credo che tu sia il miglior marito che io possa avere. E nostro figlio è un amore di ragazzo, anche se non mi scrive ho voglia di viziarlo di fargli sentire che ha due genitori che lo amano con tutto il cuore. Kiss kiss. buon pomeriggio amore mio.

Tesoro ti ho messo al centro della mia vita e ho deciso da molto tempo di stare con te e condividere tutta la mia vita con te.

Si grazie sono molto contenta perché credo che potremo consolarci a vicenda nei momenti bui della nostra vita.

Tenero amore mio è giunta l'ora di andare a letto, naturalmente nel tuo, dove troverò tanto amore, protezione, conforto e accoglienza. Il mio nido sei TU e io felice mi accoccolo sul tuo petto forte e profumato nel tepore del tuo corpo fra le tue amate braccia e sono felice, ma mi manchi insieme a nostro figlio e nei miei sogni vi abbraccio e vi tengo stretti al mio cuore di moglie e di mamma. Kiss kiss

Oggi è stata una giornata piena di gioia. Ecco il mio nuovo figlio che mi scrive e mi parla di quanto mi ama il suo papà, di tutto il bene che mi vuole lui. Quanto amore questa nuova famiglia, è una gioia immensa. Non ho mai provato così tanta felicità in vita mia ed è con gratitudine che dico GRAZIE AMORE MIO. Il mio cuore è pieno di cose belle di emozioni stupende, è come se fosse illuminato di luce di tutti i colori più vividi e come se ci fosse la musica più dolce nel mio cuore, e anche le lacrime sono dolci come te amore mio, mi sembra di volare e mi sento leggera leggera.

Amore mio sei scappato oggi, ma non fa niente. Spero di averti scandalizzato, ma se ti ho fatto ridere sono contenta, mi dici che ho il senso del humor e spero sia vero perché voglio farti ridere spesso. Adesso vengo da te mi accoccolo nel tuo letto e ti aspetto non posso più dormire se mi sento sola. Se tu sei nei miei sogni la notte mi sorride e io sono felice. Vieni presto. Ti amo. Kiss Kiss.

Speriamo che siano decenni prima della morte. Ma non so cosa Dio abbia in mente. Prego che ci lascerà vivere sempre felici. Ma non riesco a comprendere i piani divini. Può darsi che il trambusto tocchi il nostro panorama con i suoi cieli grigi e intrusioni vorticose. Può essere che la gioia riempirà entrambi i nostri cuori e penseremo che il dolore è solo un'illusione, ma credo che sia probabile che vedremo un po' di tutto. Mentre camminiamo su questo percorso insieme ti prometto ora: darò tutto quello che ho e dalla mia bocca non sentirai la parola "MAI". Con tanta incertezza che esiste intorno a noi fra crimini e abusi, più che mai dobbiamo tener fede alla verità del nostro matrimonio… la vita non ci deve confondere. Il tempo insieme è fugace è troppo scarso per sprecarlo. Voglio esplorare l'intero spettro della vita prima che siamo troppo vicini alla nostra dipartita. Voglio abbracciare vaste esplosioni di gioia che rendono entrambi i nostri cuori forti. So che ti amerò per tutta la mia vita Non importa il tempo che ci viene dato. Ci riuniremo in paradiso quando Dio ci chiamerà a sé.

Voglio che tu dorma sempre tra le mie braccia di notte, voglio che tu sia al mio fianco anche quando ci svegliamo.

Sai che ti amo da morire?

Lo so tesoro, ma sono sicuro che sai che ti amo ancora di più

Amore misureremo l'amore col metro del bacio e vedremo chi vince.

amore mio sono stanca vengo da te. apri le tue braccia che mi accoccolo li con te accanto a te e dormirò come una baby, la tua, con tutto il mio amore. Mr gelosia, mi fai ridere, non hai ancora capito che sono innamorata di te che sei la mia anima gemella, che sei il mio porto sicuro e io ti amo per la vita e oltre marito mio

I tuoi occhi sono buoni non gentili, ma sono senza menzogna e sono al mio fianco e sono questi tuoi occhi che vorrei avere accanto per la vita.

Amore sono sconsolata e penso che anche tu sia molto arrabbiato e deluso da tutta questa storia. Volevo renderti felice, anzi renderci felici e sono così delusa che non posso pensare positivo. Vorrei poter risolvere i problemi con una bacchetta magica, ma farò tutto quello che posso per renderti felice.

Se chiami nostro figlio, inviagli i baci della mamma e digli che penso sempre a lui. Vado a letto, non so se vuoi tenermi vicino a te. Io ti aspetterò perché la mia consolazione sei tu con un abbraccio e un bacio amore mio.

Non hai bisogno di spiegazioni per essere nel mio letto. non è mai colpa tua, è natura e bisogna accettarla con fede... le mie braccia ti abbracceranno sempre... e per sempre saranno aperte per te moglie mia e per sempre sarò vicino a te.

Lascia che stanotte il tuo viaggio nel regno dei sogni sia piacevole e interessante. Ho chiesto agli angeli di vegliare su di te questa notte… sogni d'oro mia cara. Baci.

Il mio cuore è felice Sarò con te questa notte e ti sussurrerò dolci parole e ti accarezzerò per cancellare tutte le preoccupazioni. Baci Baci

Dove sei bellissimo marito mio? tienimi per mano, Tu sei la mia guida il mio compagno, tu mi proteggi, mi consoli, mi aiuti e mi ami. Tu sei la mia vita e io la tua. Sono 10 mesi che dividiamo la nostra vita insieme e ci amiamo sempre di più e abbiamo anche un ragazzino che amiamo tantissimo. Il mio terzo figlio, ma quello che ha più bisogno di noi del suo adorato papà e della sua nuova mamma che soffre perché siete lontani. Domani è la festa della mamma e lui non c'è, e nemmeno il suo papà. Ma non voglio fare la lacrimosa. Questa notte sarete con me e rideremo insieme e giocheremo insieme e la felicità ci premierà concedendoci tutto l'amore di cui siamo capaci. E andremo al mare facendoci accarezzare dalle onde calde e faremo un picnic e mangeremo insieme tante cose buone che mamma avrà preparato.

Evviva avremo festeggiato la nuova mamma.

Ti amo senza fine le tue parole possono far sì che persino un re abbandoni il suo trono per amore, e ancora tu rendi la mia vita quotidiana degna di essere vissuta e sei veramente la mia regina e lo rimarrai per sempre.

Non ho ottenuto la felicità in milioni di giorni che ho vissuto, ma l'ho trovata durante le mie conversazioni con te ogni giorno che passa, la nostra anima e il nostro corpo sono sempre più legati insieme.

C'è la luna grande bianchissima, fa caldo ma una brezza leggera solleva un lembo del vestito leggero di mussola bianca come la luna e scopre una caviglia. Cammino sulla spiaggia, i piedi nell'acqua, lo sguardo all'orizzonte, lo sciabordio dell'acqua ritmico suona una musica dolce quasi un walzer viennese e mi vien voglia di ballare e penso a un ballerino forte virile ed ecco un uomo con lo smoking nero, la camicia di seta bianca, i gemelli ai polsi, i capelli brizzolati, gli occhi scuri, lo sguardo serio cammina assorto nei suoi pensieri, ma ecco la luna rischiara la spiaggia e l'acqua del mare e l'uomo vede la donna e io vedo l'uomo, lo guardo e mi attira e poi lo vedo lo riconosco è LUI e lui mi vede e un sorriso gli spunta sulla bocca, mi riconosce e i nostri passi si fanno più veloci uno verso l'altra fino ad incontrarci vicini, gli occhi negli occhi, la mano dell'uomo prende la mia mano e io gliela affido, una mano ferma fresca asciutta, forte, ma con dolcezza mi guida verso il suo cuore. Il battito è veloce come i suoi passi, mi prende in un giro di walzer che mi trasporta in una voluttuosa danza nelle sue braccia. Meraviglia e un'emozione forte mi trasporta nel ballo più bello e armonioso mentre le sue labbra sfiorano le mie e il mio corpo si appoggia al suo e il calore si sprigiona da tutti e due e un bacio appassionato ci travolge nel desiderio più sfrenato. E i vestiti in pochi gesti restano per terra mentre i nostri corpi si incontrano e si prendono in una frenesia di desiderio, di carezze e di piacere infinito e l'acqua del mare ci accarezza e ci accompagna mentre la luna sorride nel cielo.

Soddisfatti e stanchi ci addormentiamo sulla spiaggia uno nelle braccia dell'altra. Buonanotte amore mio. Kiss Kiss.

Sei una donna virtuosa come la Bibbia ci insegna ... non c'è nulla di cui un uomo avrà bisogno in una donna, che tu non possiedi.

Sono una donna semplice, ma molto innamorata di mio marito. Te.

Tesoro mio sono stracotta, stanca ma felice e quindi vengo da Te, la mia casa, il mio cuore, il mio tutto, le tue braccia che mi avvolgono sempre con tanto tanto amore, sempre pronto a coccolarmi per farmi dormire come una bambina piccola. Caro amore mio ma se tu mi dai sempre tanto amore anche a me piace pensare e sogno di averti fra le mie braccia, mi piace accarezzarti con tanta gentilezza con tanto amore, sussurrarti parole dolci e carezzevoli, tenere la tua testa sul mio seno e massaggiarti piano piano le tempie e portare via ogni nube che si affaccia e chiudere i tuoi occhi in un sonno ristoratore fra le mie braccia e aspettare l'alba tenendoti e cullandoti con tanto tanto amore e sfiorarti con baci piccoli e leggeri come piume per non svegliarti. Resto in attesa di mio marito e sognerò gli angeli che vicino a noi ci proteggono e ci aiutano. kiss kiss my love

Amore mio non riesco a dormire senza augurarti la buona notte.
Tu sei la mia vita, tu sei il mio amore tu sei il mio tutto, senza te io sono tagliata a metà.
Ho freddo senza le tue braccia intorno a me. sono sola senza i tuoi baci.
Io sono avvizzita senza il tuo amore. Vengo da te nel tuo letto, sento il tuo profumo, sono a casa. ecco le tue braccia aperte sicure calde amate. i tuoi abbracci sono il balsamo alla mia solitudine. I tuoi baci mi inebriano d'amore. buonanotte marito mio. kiss kiss

Amore mio, non capisco, mi dispiace, ma sembra impossibile che tu mi escluda così categoricamente da ogni conversazione, soprattutto in questo momento così importante per tutti noi. Non c'era il desiderio di offendere, di farti del male da parte mia. Non credo di averti mai escluso dalla mia vita, ti ho chiesto di rispondermi così tante volte.

Ti ho chiamato per nome, (che tra l'altro mi piace molto) ho solo dovuto rispondere al campanello che suonava e rispondevo a un impiegato che mi stava portando la scorta di caffè che avevo ordinato. e volevo sbrigarmi per continuare a parlare con te. Voglio amarti, voglio fare del bene a tutti noi. Mi dispiace che tu non abbia capito quanto ti voglio. Abbiamo sofferto troppo nelle nostre vite per il male che ci hanno fatto e non penso che tu voglia farlo a me e ti assicuro che in me non c'è intenzione di farlo a te. Quante volte ti ho sentito dire che Dio ti ha dato una compagna che ti ama. Il mio amore tante volte mi hai detto che sono una donna che molti vorrebbero perché hai capito che ti amo

È vero. TI AMO E VOGLIO SOLO IL TUO BENE.

Dolcissimo amore mio, tenerissimo marito mio quanto mi manchi. questa sera in modo particolare ti vorrei vicino a me e vorrei le tue braccia intorno a me e le tue labbra sulle mie mentre con tenerezza mi sussurri parole dolci come sai fare così bene e poi fare l'amore con te e coronare il nostro sogno d'amore. e trovarti domani accanto a me in carne ed ossa. E vorrei alzarmi domattina e preparare un'ottima colazione per te e Helius. questa si chiama felicità...

le tue parole sono in grado di sciogliere il cuore di ogni uomo sano di mente Sono felice, sono l'uomo vivo più fortunato.

Finito di stampare nel mese di Settembre 2018
da Andersen S.p.A.
per conto di Youcanprint *Self-Publishing*